edicionescarena

La Guerra de Hormelef

J. M. Davies

c/ Sovelles 7, local 8
08038 Barcelona
Tel 93 223 37 37
Fax 93 223 04 88
carena@edicionescarena.org
www.edicionescarena.org
Primera edición: octubre de 2005
Ilustraciones: Iván Martí Vidal
para SOPA.
agencia de comunicación y arte contemporáneo
Diseño y maquetación:

www. SOPA publicidad.com

Depósito legal: B-48073-2005 E.U.
ISBN: 84-96357-19-8
ISBN 13: 978-84-96357-19-8

Printed by Publidisa.

A Rosine, Alain, Priscilla y
Lizbeth,
y a grampá (tata) Naphtaline

NKulu
bambara
tata Nvú

Capítulo I

Una tarde de maravilla, una espléndida puesta de sol, un paisaje bello y espectacular. El gran disco rojizo marchaba lentamente hacia su nuevo destino a ofrecer sus poderosos e inagotables rayos luminosos a otra noche vecina, dejando en penumbras al lugar que despedía. Para su ida, siempre elegía el mismo camino, allá lejos, detrás de aquellos gigantescos arbustos de troncos oscuros con hojas verdes, y con su despedida, proyectaba unas sombras fantasmagóricas que acababan engulliendo toda la claridad del lugar.

Tata Nvú, reposando plácidamente en su hamaca, disfrutaba de las delicias de la dulce brisa que soplaba hacia oriente. Era entonces, en uno de estos momentos, cuando llamaba a Nkulu o a Bambara, y en raras ocasiones a los dos, hacía que se sentaran en unas banquetas de patas enanas cerca de su hamaca y empezaba con la misma pregunta de siempre, para terminar con una de sus fascinantes historias, que según él, tuvieron lugar muchos, muchos años atrás.

-¡Nkulu!

-Sí, tata Nvú.

-¿Has oído hablar de la gran Guerra de Hormelef?
-No, tata Nvú. Cuenta, cuenta, por favor.

Y así empezaba todo, repitiéndose la misma escena una y otra vez:
Antiguamente, mucho tiempo atrás, muchísimo antes de la existencia de Egipto, el Egipto prefaraónico, el Egipto de Imhotep, el Egipto del dios Ra, o de Etiopía, la Etiopía de Cush, había un pequeño poblado en el nordeste de África, allá en el cuerno del continente oscuro, en un punto cercano a la actual Eritrea, llamado Hormelef. Hormelef era un pequeño y hermoso poblado con una flora extensa y variada que cubría gran parte de su territorio, mientras que la fauna, sin embargo, se reducía a solo dos variedades, dos especies de animales iguales en todo. Eran las igas y los antes. El hombre, por su condición de homo erectus y de homo sapiens, ostentaba el prestigioso título de Ser Humano.

El gran jefe del pequeño poblado de Hormelef se sentía muy orgulloso del magnífico equilibrio que dominaba su territorio, un equilibrio sano que se venía disfrutando desde tiempos inmemoriales. A nadie se le exigía una contribución mayor de la que podía ofrecer, todos trabajaban y tributaban fielmente y de forma equitativa contribuyendo a aquel funcionamiento tan ideal que se conocía y admiraba desde casi una eternidad. Era la envidia del resto del mundo.

En aquel entonces, los antes y las igas cooperaban en todo, se ayudaban mutuamente, compartían faenas en el campo, en las fincas, en las labores cotidianas, y tan simple sistema de ayuda y cooperación conseguía una producción masiva y extraordinaria de yuca, malanga, aceite de palma, vino de palma, topée, azúcar, sal, y otros menesteres para el poblado. El arduo trabajo de todos los habitantes de Hormelef, la perfecta armonía entre sus residentes, la enorme cooperación y el gran civismo entre los antes y las igas, así como nuevos inventos, sistemas más eficientes de cultivo, métodos dinámicos de irrigación, e ingeniosas técnicas de conserva de los productos alimenticios, les permitía obtener el máximo rendimiento de la tierra y el óptimo beneficio de todos los productos agrícolas de utilidad.

Hormelef era la envidia de sus vecinos y del resto del mundo conocido, pues era el primer lugar del universo donde la humanidad había aprendido que el trabajo en equipo producía mayores beneficios que el agotador y poco productivo esfuerzo individual, y donde había resultado obvio por primera vez que el efecto psicológico del escaso progreso después de un día penoso de labor, era mucho peor que el cansancio físico.

Los platanares, como firmes soldados en formación, alcanzaban una extensión inabarcable a simple vista. Los palmerales, los cocoteros, las plantaciones de yuca, malanga, papaya, mango y las hortalizas; todo ofrecía una perfecta armonía con los bosques vírgenes, los gigantescos árboles con exóticos ramajes y el insaciable deseo y la sutil habilidad de embellecer las zonas residenciales con diversas flores de colores variados, rosas con pétalos rebosando incomparable hermosura, aroma de pureza y alegría.

Mas, a pesar de todo, llegó un día maldito para Hormelef. Amaneció como un día normal, con el gigantesco y brillante disco solar abandonando su lecho para aparecer allá lejos, detrás de un compacto arbolado que se mecía dócilmente bajo una suave brisa cálida. La sábana de rayos que se proyectaba desde aquel firmamento azul con figuras extrañas de un blanco grisáceo llegaba sin esfuerzo hasta los recodos más insignificantes que decidía penetrar. Era blanca y clara y desprendía un afectuoso y templado calorcito que iba acariciando con apaciguada lentitud las transparentes gotas de rocío que habían bañado la alfombra verde de un abundante césped que cubría una amplia extensión de terreno.

Así, aquel día tan común en Hormelef, una de la igas había sufrido un insignificante contratiempo con una amiga y estaba tan malhumorada que hasta la comida le sabía insípida. Abandonó pues su esfuerzo de alimentarse entonces, esperando a que se le pasara el enfado y su paladar recuperara su innato sentido del gusto con aquella sensación de placer que siempre le habían producido los platos tan suculentos que acostumbraba a degustar.

Pudo haber sido un simple accidente. O no. ¿Gula?, ¿necesidad? Solo se sabe que un ante iba aquel día por el mismo camino. Y vio aquel suculento plato de comida abandonado por una iga malhumorada por un insignificante incidente con una amiga. Y ocurrió. ¿Por qué rompería ese ante lo que tanto enorgullecía a todos los habitantes de Hormelef? Tal vez tuvo la culpa una brisa suave que hábilmente se filtró entre las hojas de la multitud de árboles que en vano trataron de frenar o desviar su itinerario, intuyendo el caos que iba a producir su llegada a aquel suculento plato de comida abandonada por una iga malhumorada por un insignificante incidente con una amiga. La brisa llegó, y sin querer, cumpliendo sólo con su sagrada misión, dejó en libertad el olor que fuertemente encarcelaba el suculento plato de comida abandonada por una iga malhumorada por un insignificante incidente con una amiga. Y aquel olor, aquel penetrante aroma, llegó hasta el ante que segundos atrás se dirigía a realizar sus quehaceres sin tener ningún plan de contravenir la noble tradición del equilibrio que reinaba tan maravillosamente en Hormelef. ¿O no?.

Vio la comida. Se le dilataron las fosas nasales. Un manantial de agua se formó en su boca. Los ojos aumentaron de tamaño, en realidad sólo debía ser un efecto óptico. Iba a pasar sin más, a seguir su camino hasta alejarse lo suficiente. Incluso dio dos o tres pasos más allá, pero el viento volvió a soplar e hizo que el aroma penetrase de nuevo y sin piedad en aquellas fosas nasales dilatadas ya al máximo. Se detuvo. Deshizo los tres pasos que ya le habían separado de aquella tentación. Empleó su dedo meñique y pellizcó un extremo de la comida. La metió en su boca llena de agua y un chorrito de saliva se le escapó por la comisura derecha de la boca. ¡Oh, qué sabor! Miró a un lado y a otro. Nadie. Estaba solo. Empezó a saciarse de aquella suculenta comida que había abandonado la iga malhumorada por un insignificante incidente con una amiga. Comió, comió y comió hasta que el plato quedó limpio. Bajó entonces por un pequeño sendero que le condujo al pequeño riachuelo vecino y con la copa de las manos se dispuso a tomar agua.

Ahora haría mejor la digestión. Se sentó allí mismo y cinco minutos más tarde, estaba tumbado panza arriba roncando alegremente sin preocupación ni remordimiento alguno.

Ya se le había pasado el enfado a la iga malhumorada por un insignificante incidente con una amiga, que había abandonado su suculento plato de comida. El hambre la había ayudado a desenfadarse. Un plato vacío y limpio fue todo lo que encontró. Recordó entonces que no era la primera vez que su facilidad de enojarse la había hecho abandonar su comida, aunque hasta entonces siempre la había encontrado sana y salva, eso sí, algo más fría de como a ella en realidad le gustaba. De nuevo el enojo volvió a apoderarse de ella, esta vez con más lógica. Estaba furiosa. A veces quería evitarlo, pero era una parte intrínseca de su temperamento.

¿Quién se había comido su comida?

La iga, de muy mal humor, iba de casa en casa haciendo la misma pregunta y recibiendo respuestas poco satisfactorias.

Llegó por fin la tarde y el sol, como hace día tras día, se ocultó allá lejos del punto por donde aparece por las mañanas, y la iga malhumorada y hambrienta tuvo que capitular en su esfuerzo por identificar al delincuente que le había usurpado su suculento plato de comida.

Capítulo II

Durante cinco días seguidos, las nubes oscuras controlaron las alturas celestes manchando el firmamento de un gris opaco que dificultaba el paso de los rayos solares, haciendo que los días resultaran tristes y melancólicos. En ocasiones, al no poder sostener por más tiempo el líquido que habían absorbido de los mares y de los ríos y de la humedad de la atmósfera, dejaban en libertad una carga de miles y miles de minúsculas gotas de un líquido incoloro que caían como una lluvia suave, lenta y persistente. Otras veces, esas mismas nubes parecían perder su rumbo y chocaban entre sí, y allá en el oscuro vacío, estallaba una brillante luz quebrada, y unos segundos después, se oía con gran estrépito el sonido de un trueno más o menos lejano.

En Hormelef, aquel diminuto poblado situado en el cuerno de África, que sólo tenía dos clases de animales, algo malo había ocurrido. Alguien había transgredido una de las normas más sencillas y sagradas del poblado. Había robado. Se había apoderado de algo que no era suyo. Un hecho tal vez insignificante en otros pueblos, pero que traería serias consecuencias en Hormelef.

Como consecuencia de lo sucedido, todo Hormelef se enteró de que las igas no podían comer cuando se encontraban de mal humor. No era una simple mala costumbre aprendida, era su mismísima naturaleza, se iban, abandonaban su comida y no volvían hasta que se les pasaba el enfado.

Al advertir los antes este pequeño detalle, se aprovecharon de la situación sin preocuparse de las serias consecuencias de sus acciones. Al principio, justo antes de la hora de la comida, iban a buscar a las igas y, utilizando todo tipo de artimañas, conseguían que las pobres igas se enfadaran, y al abandonar su comida, se lo comían todo sin mayor reparo.

Al principio sólo hacían esas fechorías los sábados, y dos años después de iniciar aquella práctica indeseable, el ante que había cometido el primer delito un bello y soleado día, cuando el caprichoso viento le obligó a oler el espléndido aroma que había arrebatado del suculento plato de comida que abandonara inocentemente la iga malhumorada por un insignificante incidente con una amiga, tomó el mando de su especie.

Venía enfurecido, algo malo le había ocurrido, alguien le había tendido una trampa, lo querían cazar a él y a un pequeño séquito de tres o cuatro amigos íntimos que siempre lo acompañaban después de la infame usurpación de la comida de las igas.

¡ga enfadada
comida buena
comida buena
comida buena
comida buena
comida buena
mano de ante hambriento

En una noche de luna creciente que amenazaba tormenta a la vista de la negritud de múltiples nubes cargadas de oscuridad, alguien había preparado una red con la intención de atrapar a aquel ante que cometiera la primera ofensa de comerse algo que no le pertenecía, desatando así un conflicto que treria serias consecuencias al poblado.

¡Puf! Se reventó la frágil malla al no poder resistir el peso ni el tamaño del corpulento animal.

–¿Qué ha sido éso? –preguntó el ante.

–¡Una trampa. Alguien nos ha tendido una trampa!

–¿A nosotros, por qué?

–Sí, ¿por qué? Yo no he hecho nada.

–Ni yo tampoco.

–Ni yo.

–Hombre, ¿y qué es lo que hacemos con la comida de las pobres igas?

–Yo me la como.

–Y yo, ¿qué iba a hacer?

–Yo también me como mi porción.

–¡No me refería a éso, bobos!

–¿Ah no?

–¡Claro que no! ¿No os dais cuenta de que comernos algo que no nos pertenece es un delito?

–¿Un quéee?

–¿Qué es un delito?

–Yo qué sé, pregúntaselo a él, siempre se inventa palabras nuevas.

–¡Delito o no, a mí no me caza nadie!

–Ni a mí.

–A mí tampoco.

–Pero... ¿quién nos tendió esta ridícula trampa?
–¡Las igas. Sí, las igas!
–¡Claro! ¿Quién iba a ser si no?
–¡Vamos a por ellas!
–¡Sí, vamos ahora mismo!
–No. Estas cosas hay que planearlas mejor, con calma. Tendremos una reunión con el resto de nuestros compañeros al amanecer.

Una mañana con viento de occidente, los antes se reunieron en un pequeño descampado cercano a una cabaña de bambú cubierta con numerosas nipas entrelazadas nítidamente y algo alejada de las demás.

–Esto de los sábados solamente no es suficiente –dijo al resto de los antes.
–Sí, sí, no es suficiente.
–No, claro que no es suficiente.
–Dos días, sugiero yo.
–Todos los días.
–Sí, sí, todos los días.
–¡Silencio! Desde hoy iremos los martes, los jueves y los sábados.
–Vale, vale. Los martes, los jueves y los sábados.
–Buena idea. Los martes, los jueves y los sábados.
–Necesitamos un título.
–Sí, un título para nuestro héroe.
–¡Butuku, gran líder!
–Sí, desde hoy será el gran butuku.
–¡Viva nuestro butuku!
–¡Vivaaa!
–¡Viva otra vez!
–¡Vivaaa!

Y un inocente día, en que un suave viento había inducido a cometer el primer delito en Hormelef, cambiaba para siempre el perfecto equilibrio que reinaba en aquel diminuto poblado desde hacía más de cien generaciones. Y como en los peores cuentos de horror, el mismísimo individuo culpable del trágico suceso acababa de ser coronado butuku, jefe, gran líder de los suyos...

–¡Zzz..., zzz...!
–¡Nkulu!
¡Zzz...!
–¡Nkulu, Nkulu!
–¡Zzz..., qué..., qué, viv...!
–¡Nkulu! ¿Estás durmiendo?
–¡Nnn..., no, butuk..., digo, tata Nvú, sigue, sigue, por favor!
–¿Seguro que no estás durmiendo?
–No, tata Nvú, sigue, por favor.
–Bueno, bueno. El jefe supremo de Hormelef, el Nkúkuma, el gran Hormelefnkúkuma, hacía oídos sordos a esta precaria situación, o no. Tal vez porque nunca se pensó que esto podría ocurrir en Hormelef y nadie sabía cómo resolver el fatídico problema.

Tenía que hacer algo. Tenía que resolver la situación cuanto antes. No podía. No sabía. Nadie sabía qué hacer.

–Nkúkuma, jefe supremo, tenemos que hacer algo.
–Ya lo sé, Habte. Ya lo sé.
–Pero... Nkúkuma, sea lo que sea, tiene que ser inmediatamente.

–Sí, Habte, sí, pero ¿qué? Tú eres el brujo más poderoso de la tribu, mi brazo derecho ¿y qué es lo único que oigo de ti? ¡Tenemos que hacer algo. Tenemos que hacer algo!

–Créeme, Nkúkuma, llevo mucho tiempo dándole vueltas al asunto y todavía sigo sin hallar ninguna solución coherente.

–Lo sé, amigo Habte. Lo mismo me ocurre a mí.

–Hablé incluso con Hamsha, el hechicero jefe.

–Yo también hablé con Mubikaye, el curandero mayor.

–¿Cree mi señor que habrá alguien en Hormelef que pueda darnos una solución?

–Ya veremos, Habte, ya veremos.

Los cinco días grises de tormenta habían venido a Hormelef a llorar el futuro caótico, la tragedia, el período de inestabilidad que iba a experimentar aquel diminuto poblado, envidia hasta el momento de todos los pueblos conocidos en el mundo.

Allá arriba, más allá de las alturas de las nubes, el sol, astro rey, observa el futuro y en ocasiones anuncia ciertas vicisitudes a través de las nubes y de los vientos.

Así llegaron los cinco días grises de dolor, llorando la pena que iba a sufrir Hormelef, aquel pequeño edén, envi dia de todo el mundo conocido hasta entonces.

–¡Zzz..., zzz...!

Esta vez tata Nvú no despertó al pobre Nkulu, bajó de su hamaca y llevó a su querido nieto hasta la cabaña, donde le dejó tiernamente en su cama de helechos, junto a Bambara, que ya llevaba más de una hora durmiendo.

Capítulo III

–Tata Nvú, ¿vas a continuar contándonos la historia de la Guerra de Omelet?
–Quieres decir la Guerra de Hormelef. ¿Quién te habló de esa guerra?
–Nkulu me contó lo que le contaste y queremos que termines de contárnoslo todo.
–Bueno, hijo mío, pero hoy no puedo, he tenido una faena muy dura en la finca y estoy agotado. Mañana, mañana continuaremos.

Aquel mañana duró más de doce días, y tata Nvú por fin reunió a sus dos queridos nietos junto a su hamaca mientras disfrutaba de un calabash lleno de agua de coco y sentía una brisa fresca de poniente en su cara.

Los dos muchachos se mantenían quietos y atentos, acurrucados en sus pequeñas banquetas enanas esperando con gran ansiedad que tata Nvú empezara de nuevo aquel fascinante cuento sobre aquella guerra en aquel extraño poblado.

Tata Nvú hizo un par de preguntas para cerciorarse de que sus dos amados nietos se acordaban todavía de lo que hasta entonces había acontecido en Hormelef. Satisfecho de sus respuestas, continuó de esta manera, como si aquellas dos semanas sólo hubieran sido un ratito.

–No podemos seguir así. Tenemos que comer más de cuatro días a la semana. Estamos haciéndonos unos alfeñiques.

Así habló la iga que había abandonado su suculento plato de comida porque estaba malhumorada por un insignificante incidente con una amiga.

Y era verdad. Las igas, que hasta hacía pocos años eran iguales en todo a los antes, iban empequeñeciéndose poco a poco, estaban perdiendo peso, tamaño, e iban de menos en menos según pasaba el tiempo y seguían manteniendo aquel régimen dietético impuesto por sus enemigos. Los antes por su parte, habían ganado más peso, más tamaño, más fuerza y se hacían cada vez más grandes.

–Claro que no podemos seguir así. Tenemos que comer más.
–Sí, necesitamos comer más.
–Yo ya casi ni me reconozco.
–Ni yo.
–Yo tampoco.
–Yo tengo hambre.
–Quiero comer.
–¡Ay, cuánta hambre tengo!

Y así se iban lamentando las pobres igas.

Nkúkuma, el jefe supremo de Hormelef seguía sin hacer nada para aliviar la situación de las igas, no sabía qué hacer, había heredado un poblado tranquilo y equilibrado de su padre, que lo heredó del suyo y éste a su vez del suyo y así durante más de cien generaciones. Nadie en Hormelef tenía la experiencia necesaria para hacer frente a un delito, nunca hubo nada similar en el poblado y todos deseaban que se tratara de una situación pasajera. En realidad, en el idioma de Hormelef ni siquiera existía la palabra "delito".

–Butuku, ¿no crees que es tiempo de aumentar un día más para quitarles la comida a las igas?

–Sí, sí. Los miércoles.

–No, los lunes. Creo que será mejor los lunes.

–Yo voto por el domingo.

–Yo quiero los siete días de la semana.

–Y yo.

–Y yo.

–Yo también.

–¡Silencio! Ya que muchos de vosotros creéis que tres días no son suficientes, añadiremos los miércoles.

–¡Vivaaa, vivaaa!

–Lo que dije yo. Los miércoles.

–¡Viva el gran butuku!

–¡Vivaaa!

–¡Viva nuestro gran y único butuku!

–¡Vivaaa!

Y pasaron a ser cuatro los días de ayuno forzoso para las pobres igas. Nadie hacía nada para ayudarlas.

Y las semanas se sucedían paulatinamente convirtiéndose en meses, y los meses en años, y los años en décadas, y las igas se hacían más y más pequeñas, más y más raquíticas, y los antes crecían y crecían, engordaban y engordaban e iban aumentando de tamaño, de peso y de volumen.

Ahora incluso obligaban a las igas a traerles la comida. Algo feo, descarado, vergonzoso, y nadie podía hacer nada para ayudar a las pobres igas.

–Ya no puedo más. Tenemos que hacer algo.
–Sí señor.
–Si seguimos así vamos a morir de hambre. Tenemos que resistirnos. No podemos seguir dándoles nuestra comida y quedarnos hambrientas.
–Sí, pero si no se la damos nos van a matar.
–¡Qué más da si nos matan o morimos de hambre!
–Eso, eso, ¿qué más da?
–Mira a nuestros hijos. Ya nacen hasta esqueléticos.
–Y mira a los antes. Antes éramos iguales, ahora son diez veces más grandes que nosotras.
–Diez no, cien.
–Tal vez mil.

Y era verdad. Si alguien visitaba Hormelef por primera vez y veía a los antes y a las igas, nunca creería que una vez, unos cuantos años atrás, esas dos especies de animales eran exactamente iguales en todo.

A Dios gracias, en la parte norte del pequeño poblado, había unos frutales que utilizaban las igas para tratar de mantenerse a flote. Era un pequeño bosque con árboles gigantes que ofrecían una especie de sombrilla a los más delicados árboles frutales, protegiéndolos de los intensos rayos de sol y controlando el flujo de las aguas lluviosas para que no les ahogasen.

Llegar allí, sin embargo, no era tarea fácil, especialmente en las condiciones tan anémicas en que se encontraban las igas por aquel entonces. Era un estrecho y escarpado camino que serpenteaba entre unas rocas que ahora aparecían gigantescas, formando un verdadero campo de obstáculos. En algunos puntos, el sendero se veía bloqueado por inmensos troncos caídos que lo atravesaban de lado a lado.

–No puedo más. Necesito descansar.
–¡Vamos, vamos, ya queda poco!
Algunas igas se esforzaban, otras flaqueaban, y se ayudaban mutuamente, se animaban.

En otros tiempos no habrían tenido ningún problema. Los enormes troncos caídos que obstaculizaban su ahora difícil marcha, no eran sino medianas ramas sueltas arrancadas del tronco materno por algún extraviado rayo.

–Lo siento, pero debo descansar. No puedo más.
–Anda, sigue, sigue. Ya casi estamos allí.
–¡Ánimo amiga!
–¡Ánimo, ánimo!
–¡Qué horror, ya no puedo más!
–Yo tampoco.
–Ni yo. Tenemos que descansar.

Buscaron un lugar apartado hacia la derecha, cerca de un pequeño descampado, donde reposaron durante varios minutos sin hablar, tratando en silencio de recuperar suficiente energía para alcanzar su objetivo. Algunas jadeaban, otras, apoyando la espalda contra los árboles vecinos, meditaban con los ojos cerrados y los dedos entrelazados por encima de sus cabezas, y otras, hacían un tremendo esfuerzo por no enfadarse para no perder el apetito. Estaban ya demasiado cerca para que todo aquel esfuerzo fuera en balde.

Aunque el recorrido era duro, arduo y tedioso, el paisaje presentaba una belleza simple y refrescante.

Si en Hormelef hubiera habido otras especies de animales, seguro que allí se hubieran encontrado pájaros de diferentes colores silbando y cantando rapsodias con melodías variadas y mariposas de alas gigantes danzando con alegría y esplendor. Aún así, sin la presencia de esos animales cantando y bailando, viajando de árbol en árbol, que indudablemente aumentarían la belleza del paisaje, todavía se apreciaban las formas exóticas de los gigantescos árboles centinelas con el verde opaco de sus hojas de sombrilla, en mágico contraste con la robustez marrón de sus troncos y ramajes.

Por la estrechez del camino, las pobres igas, oh, pobres criaturas, tenían que ir en fila india, salvando con gran esfuerzo todos los obstáculos, hasta llegar a su pequeño paraíso y poder empezar a alimentarse. Aquella dieta, sin embargo, nunca podría devolverles a su estado natural de origen. Eran pequeñas y empequeñecían más y más, cada vez comían menos y menos, y ya incluso tenían miedo de los antes. Su diminuto tamaño les privaba de la valentía necesaria para hacer frente a sus enemigos y negarse a suministrarles más comida.

Nadie había diseñado aquel paraíso natural con sus enormes árboles protectores de la gran variedad de frutales benéficos. O sí.

Allí, las igas recobraban algo de paz y tranquilidad y se olvidaban momentáneamente de la tragedia que les perseguía, semana tras semana, debido al enfado de una de sus compañeras malhumorada por un insignificante incidente con una amiga.

Hablaban, se relajaban, e incluso llegaban a reírse mientras gozaban plácidamente de la quietud y el encanto de aquel bellísimo lugar.

Comían con calma, bebían sin prisa y decidían volver a sus hogares después de marcharse el sol, llamando a miles de estrellas para que alumbraran, junto a la brillante luna, aquel camino angosto que les llevaría de nuevo a constatar su insania y su tragedia.

Capítulo IV

–Hermanos, no podéis exigir que os demos nuestra comida cinco días a la semana. Es imposible que podamos sobrevivir así. Acabaremos muriéndonos de hambre.

–¡Silencio! Aquí no hemos venido a negociar ni a perder el tiempo. Traed la comida y dejémonos de tonterías.

–¿Y si nos negamos a daros nuestra comida, qué vais a hacer, mat...?

¡Plaf! una tremenda bofetada. La pobre iga que tan valientemente quiso desafiar a los gigantes antes, ni siquiera había podido terminar su lógica pregunta.

Por desgracia las igas todavía seguían manteniendo tan ridícula costumbre como la de enojarse y perder el apetito. No, no era una costumbre, un mal aprendido desde su niñez, era una parte intrínseca de su naturaleza, y esa desgracia les había causado y les estaba haciendo tanto daño que sólo un milagro podría salvarlas.

Se vieron impotentes ante aquellos irrazonables gigantes y no pudieron sino sucumbir. Además, ya el hambre las había abandonado y de nada les habría servido plantarse en aquella batalla que tenían todas las de perder.

Llegó el sábado. Un sábado especial en Hormelef. El sol brillaba con una fuerza intensa y sus rayos caían perpendiculares con gran autoridad y pujanza, produciendo un picor leve sobre todo lo que acariciaban.

El cielo jugaba un juego extraño. Ora se nublaba cual si de repente fuera a descargar una enorme tormenta, ora aparecían unas nubes puras y azules que invitaban a su contemplación y total admiración.

Todos los antes esperaban ya en la pequeña plazoleta la hora de recibir su manjar gratuito, aúf.

Llegó la hora. Y pasó la hora.
Algo extraño ocurría.

Esperaron y esperaron.

No estaban acostumbrados a aquello, y, como el gran Nkúkuma, tampoco sabían cómo resolver la situación. Se miraban unos a otros y se devolvían las miradas con claros síntomas de preocupación. Nadie se atrevía a hablar. ¿Qué hacía el butuku, por qué no decía nada?

–Butuku– se atrevió por fin a balbucear uno de los tantos que ya no podían aguantar el silencio por más tiempo.
–¡Calla y espera. Déjame pensar!
–Pero...

–¿No me has oído? ¡Necesito silencio para pensar! Ya llegarán, ya llegarán. Calma todos.

Mas no llegaron. Ni una sola.

Los rayos del brillante y quemadizo sol ya habían perdido su intensidad y ahora caían oblicuamente proyectando unas sombras cortas y desiguales. Parecía que agigantaba sus pasos en pos de una retirada prematura, para evitar presenciar la gran tragedia a punto de estallar en el pequeño y hermoso poblado de Hormelef.

–Butuku...

–¿Te vas a callar ya de una vez?

–¿Cuánto tiempo les vamos a dar a esas miserables criaturas? ¡Vamos a por ellas!

–¡Sí, sí, vamos a por ellas!

–¡Claro, tengo hambre!

–Y yo.

–Y yo.

–Yo también.

–Ya no puedo aguantar más.

–Yo tampoco

–¡Vámonos!

–¡En marcha!

–Voy con vosotros. No me quiero perder la juerga.

–Ni yo.

–Ni yo.

–Yo tampoco.

–¡Silenciooo. Callaos todos! Estas cosas hay que tomarlas con calma. Mucha calma. Si no vienen es por algo. Tal vez estén planeando algo, y no podemos caer en la trampa.

–Yo creo que están enfermas.
–Debe ser.
–Sí, tienen tanta hambre que no pueden ni andar. ¡Vamos a por ellas!

Pero nadie se movió. Hablaban mucho, se agitaban mucho, iban de un lado para otro, pero en realidad todos esperaban al buen butuku. Por más que se alteraran y mostraran todo tipo de impaciencia, nadie se atrevía a hacer nada sin la clara aprobación de su butuku y nadie estaba dispuesto tampoco a usurparle el liderazgo en aquellos momentos tan críticos.

Por fin se oyó la potente voz del butuku:

–Iremos mañana a por ellas y les quitaremos todo. Las obligaremos a entregarnos su comida seis días a la semana. Desde mañana sólo podrán comer los domingos.
–¿Por qué no vamos hoy y les damos una buena lección?
–Sí, sí, siete días sin comer. Éso es lo que se merecen por lo de hoy.
–¡No, ocho, ocho días!
–Yo quiero nueve.
–¡Callaos, bobos! ¿No sabéis que una semana sólo tiene siete días?
–¡Ah!
–¡Oh!
–Yo sí lo sabía.
–Y yo.
–Yo también lo sabía.
–Nada. Está todo dicho. A prepararnos para mañana.

Y con estas palabras se dispersó la congregación. Unos se fueron directamente a sus casas a comer, y aquellos que dependían de la comida de las igas tuvieron que arreglárselas como pudieron.

Las igas no se enfadaron este sábado. Comieron y bebieron bien y se quedaron muy satisfechas, primero por haberse alimentado maravillosamente y también porque rompían por primera vez la insana costumbre de ayunar y entregarles toda su comida a los antes.

El butuku había utilizado una simple artimaña por si había un espía entre su gente. No pensaba atacar al día siguiente. Cuando llegó la oscuridad de la noche, aquella noche de carbón que había llegado demasiado pronto porque el sol se negó a presenciar la hecatombe que se avecinaba y marchó a sus aposentos muy de prisa, sin ofrecer siquiera la bella despedida que con tanta frecuencia acostumbraba a brindar a los habitantes de Hormelef, despertó al ante que siempre hacía preguntas y le ordenó que llamara al resto.

–Pero... butuku, ¿no dijiste que íbamos a atacar mañana?
–¿Otra vez con tus estúpidas preguntas? ¿No sabes que mañana empieza a las doce y un minuto de hoy?
–Ah, sí, pero yo creí que...
–Deja de creer. Recuerda que la sorpresa es la madre de todas las victorias. ¡Vamos, vamos, en marcha!

Muchos llegaron con los ojos enrojecidos por el sueño. Otros mostraban síntomas de cansancio debido al escaso tiempo de descanso. El resto todavía llevaba dibujado el enfado en sus rostros.

–¡Vamos a por esas desgraciadas igas!
–¡Zjzjzj...!
–¡Bueno, vamos, qué vamos a hacer si no!

El fervor era mucho menos pronunciado. Horas antes, se habría escuchado más entusiasmo, más ánimo, más jolgorio. Aún así, salieron todos a darle una merecida lección a aquellas minúsculas criaturas que ya a simple vista eran casi imperceptibles, pero que habían tenido la osadía de romper el trato sagrado impuesto unilateralmente por sus enemigos.

–¿Dónde están? No veo a nadie.
–¡Calla y sigue atacando! Son tan pequeñas que será algo difícil verlas con claridad en esta noche tan oscura.

Era verdad, la noche era oscura y las estrellas aparecían lejanas y débiles, y la luna también se negó a cooperar. Buscó una nube negra y se escabulló detrás de ella, sujetándola fuertemente cada vez que intentaba escaparse y marchar en busca de algunas compañeras.

–¡Aquí hay una. He pillado a una!
–¡Dale, dale duro. No dejes que se escape!
–¡Ay, ay, alguien me ha propinado una tremenda bofetada! ¡Me vengaré. Vaya que si me vengaré!
–¡Ay! ¿Quién me ha dado?
–¡A mí también me han sacudido!

–¡Vaya tortazo que acabo de recibir!
–¡Ay, ay!
–Son ellas. Nos están cascando. ¡Vámonos. Retiradaaa!
–¡Imposible! Estas tortas son demasiado grandes para venir de unas criaturas tan pequeñas.
–Seguro que llevan palos.
–O estacas.
–Por eso no quería venir.
–Yo tampoco.
–Ni yo.
–No veo nada, ¡ay!
–Quiero irme a casa.
–Yo también.
–Y yo.
–¡Silencio todos! ¿Quién tiene una antorcha?

Cuando las llamas de la antorcha apagaron la oscuridad de la noche, el pequeño destello hizo ver una mano gigante cruzar un espacio corto y estrellarse contra una cara gigante.

Los antes se estaban proporcionando una paliza soberana en la oscuridad de aquella noche de betún.
Las igas no estaban allí. No se les podía ver por ninguna parte. Como por arte de magia, habían desaparecido.

–¡Nkúkuma, ya no tenemos igas!
–¿Quée? ¿Cómo que ya no tenemos igas, qué quieres decir?
–Lo que oyes, Nkúkuma, las igas han desaparecido.
–¿Desaparecido?

–¡Desaparecido!
–¿Todas?
–¡Todas!
–¿No queda ni una sola?
–¡Ni una sola!
–¡Tienes que hacer algo, Habte!
–Pero... mi señor..., ¿qué? ¿Qué puedo hacer yo solo?
–¡Tienes que encontrarlas!
–¡Sí, Nkúkuma!
–¡Pon una orden de búsqueda!
–Ya lo hice, Nkúkuma!
–¡Adjá, adjá, eso es, ofrece una recompensa!
–Buena idea, ¿cuánto?
–Yo qué sé. Qué más da. Algo, algo.
Pero…
–Pero ¿qué?
–¿Podrán cobrar ellas mismas la recompensa si aparecen por sí solas?
–¡Habte!
–Lo siento, Nkúkuma.

El butuku también indagaba por su cuenta. Su investigación era tan fútil como la del nkúkuma y todos los habitantes de Hormelef.

Tenía agentes por todas partes, espías, e incluso él mismo se dedicaba íntegramente a la búsqueda.

–Butuku, llevamos una semana buscando y no encontramos nada.
–¡Seguid buscando!

–Pero... se han desvanecido.
–¡Nadie se puede desvanecer!
–¿Evaporado?
–Yo creo que se han hecho invisibles.
–Sí, sí, seguro que nos están viendo ahora y se están partiendo de risa.
–Yo las siento pero no puedo verlas.
–Son unas brujas.
–Sí, tenemos que quemarlas.
–A todas.
–¡Silencio. Silencio. Sois todos unos charlatanes!
–Yo sé por qué no las podemos ver.
–¿Ah sí?
–Claro. Son demasiado pequeñas.
–¡Cállate, estúpido!
–¡Dios mío, una semana entera sin comer extra!
–Las igas también habrán pasado esta semana en ayunas.
–Sí, pero ellas estaban acostumbradas a ayunar.
–Yo siempre desayuno.
–Y yo.
–Yo dos veces.
–Tengo hambre.
–Yo también.
–Y yo.
–¡Cuando las pillemos...!

–Bueno, chicos, creo que por hoy ya es suficiente, continuaremos mañana.
–Pero tata Nvú, no puedes parar ahora…
–¿Van los antes a pillar a las pobres igas? ¡Pobrecitas!
–¿Y por qué no hay nadie que las pueda ayudar?

–Yo sí las defendería.
–¿Sí, cómo?
–Usaría mi pistola y mataría a todos los antes.
–No seas tonto Nkulu, ¿no sabes que no había pistolas entonces?
–Calma hijos. Todavía hay mucho que contar, ya terminaremos mañana.
–Pero tata Nvú…
–Nada, nada, a dormir, ya es demasiado tarde, mirad, hasta las estrellas están parpadeando del sueño que tienen. Mañana, mañana.
–¡Ahhh…!
–¡Nnnn…!

Pero tata Nvú no se dejó coaccionar. Los tres se fueron a dormir esperando los jóvenes con ansiedad la continuación de tan fascinante relato.

Capítulo V

–Setenta kilogramos de peso era el promedio de todos los animales de Hormelef –así empezó tata Nvú a la siguiente tarde.

Muchos, muchísimos años atrás, había llegado un inocente viento. Este viento le arrebató el aroma a un suculento plato de comida abandonado por una iga malhumorada por un insignificante incidente con una amiga y se lo envió discretamente a un ante que tranquilamente se dirigía a realizar sus quehaceres. El ante dudó, titubeó, e incluso dio tres pasos para alejarse de tan suculento y tentador plato de comida, porque en el fondo sabía que no debía comer de él. El viento insistió, y le ofreció otra ráfaga, otra muestra más tentadora aún. Y el ante se detuvo, deshizo los tres pasos y capituló. Y le gustó. E invitó a los demás antes a hacer lo mismo que él. Buscaron la debilidad de las igas y la exploraron en su beneficio.

Setenta kilogramos pesaban en un tiempo muy lejano, tanto los antes como las igas. Ahora, los antes sobrepasaban la tonelada y las igas se pesaban en decagramos. La armonía y cooperación que una vez existió entre ellos, ahora se había convertido en miedo, odio y terror.

Quince meses antes de aquel famoso e histórico sábado en que las igas, sin más, sin previo aviso, desaparecieron de la faz de la tierra, habían utilizado diversos métodos para intentar convencer a los antes de que abandonaran tan injusta práctica como la de quitarles la comida.

–Debemos hablar con los antes, razonar con ellos y hacerles ver que esta situación no puede continuar así.
–Creo que tienes razón. Recuerdo que, aunque ya hace mucho tiempo, trabajábamos juntos antes.
–Sí, sí, y éramos como hermanos.
–¡Tú qué sabes, si eres un mocoso!
–Bueno, me lo dijo papá tío, tata Ndárake.
–¡Dejémonos de tonterías y veamos cómo resolver la situación!
–Yo puedo ir, si queréis.
–Y yo.
–Yo también.
–Me apunto.
–Vamos todos, la unión hace la fuerza.
–¡Qué fuerza, si ya somos todos unos enclenques!
–Yo creo que una delegación será mejor.
–¿Por qué?, ¿tienes miedo?
–¿Y tú no?
–Yo no.
–¿Y por qué les sigues dando tu comida?

–¡Basta, basta ya de sandeces! ¿Quiénes quieren que vaya una delegación?

–Yo.

–Yo.

–Yo.

–Yo.

–¿Y quiénes quieren que vayamos todos?

La respuesta sonó muda.

–¡Pues, formemos la delegación!

Un triste encuentro, un intento de protesta, una tremenda e injusta bofetada, y así se ahogó aquella iniciativa de paz.

Tenía que haber otra alternativa. El problema era hallarla. Encontrar una solución antes de que fuera demasiado tarde. Conseguir que el sentido común volviera de nuevo a las retorcidas mentes de los enemigos. Había que pensar, pensar rápido y con claridad. Sin embargo, pasaron varios años, y de repente…

–Ya lo tengo.

–¿Qué es?

–Vamos a preparar el doble de la comida que nos requieren, les damos la mitad y nos quedamos con la otra mitad.

–Buena idea. Así podremos recuperar nuestra fuerza y...

–Y nuestro tamaño también.

–Entonces nos enfrentaremos a ellos.

–Y a ver quién me pega una bofetada entonces.

Tres días. Tres días solamente pudieron mantener las pobres igas tan brillante estrategia. Un simple fallo, un pequeño e insignificante eructo, un eructo de esos que sólo aparecen después de una enorme y suculenta comilona, desveló que las pobres igas también comían durante aquellos días prohibidos, y entonces la paliza fue mayor, y la cantidad a entregar se duplicó.

Era su destino, un trágico destino pero real. Ya no podían hacer nada. O sí. Debían continuar con la maldita desdicha de seguir empequeñeciendo hasta desaparecer de la faz de la tierra. O no. ¡Si sólo pudieran encontrar una solución, algo capaz de contener a aquellos gandules egoístas y que les permitiera alimentarse a la vez! Pero el tiempo pasaba, los años se sucedían como redobles de tambores mientras seguían sufriendo, viviendo su trágico destino. Mas de nuevo…

–¡Ya lo tengo!
–¿Tú, otra vez?
–Después de darles "su" comida, vamos a cocinar para nosotras.
–Pero eso ya es demasido trabajo, ¿no crees?
–¿Tienes algo mejor?
–Bueno, bueno, tampoco tienes que ponerte así conmigo.

Pero ¡ah, aquel malvado viento! Otra vez cumplía con su sagrada misión. Arrebataba el suculento aroma de la segunda tanda de comida y lo utilizaba para despertar a los holgazanes mastodontes de su abúlica siesta.

–¡Zzz...!
–¡Zzz..., grrr...!
–¡Zzz..., nff...!
–¡Zzz..., grrr..., qué, qué!
–¿Qué, qué, butuku?
–¡Cómo que qué, qué! ¿No lo hueles?
–¿Oler? Debe ser una pesadilla, butuku.
–¡Ni pesadilla ni narices, alguien está cocinando!
–Pero si acabamos de comer.
–¿Y las igas?
–Hoy les toca ayunar, ¿no te acuerdas?
–Sí, sí, pero ya las conoces, seguro que nos quieren desafiar de nuevo.
–¡Nnn, ahora lo percibo yo también!
–Con que pesadilla, ¿eh?
–Lo siento, butuku.
–Bueno, bueno, basta ya de cháchara. Busca a los otros y vamos a ver de dónde viene ese aroma.
–¡Si son ellas las escarmentamos de verdad esta vez!

Desde lejos, allá lejos, entre los claros que ofrecía una maleza poco densa, se veía el avance de unas sombras que levantaban una nube espesa de un polvo rojizo. Las sombras avanzaban, las figuras empezaban a delinearse mejor, con más claridad, eran unos cuerpos gigantes y parecían acarrear malas intenciones.

–¡Ay, que vienen los gigantes antes!
–¡Santo cielo, estamos perdidas!
–¡Ya os dije que ésta era una idea horrible!
–Y yo.

–Yo también.
–¡Mentira, tú no dijiste nada!
–¿Ah no?
–¡Y tú tampoco!
–Pero lo iba a decir.
–Yo me voy de aquí.
–Y yo.
–Yo también. La última vez recibí demasiadas bofetadas.
–Yo iría con vosotras, pero tengo demasiada hambre.
–¿Y quién no tiene hambre aquí?
–¡Vamos a escondernos!
–¿Y adónde vamos?
–Yo qué sé, ahí, a cualquier sitio.
–Debíamos haber planeado una escapada antes.
–Eso digo yo.
–Claro, ahora, ¿verdad?
–Bueno, lo dije an... por lo menos lo pensé.
–Pues... pues...

Más palizas para ellas, más comida para ellos, más grandes ellos, más pequeñas ellas, más placer para ellos, y más sufrimiento y más años de ayuno forzoso para ellas. Pero capitular era lo mismo que perecer, y así, después de varias décadas de aquel constante sufrimiento, apareció lo que posiblemente sería su último plan. No hubo asamblea, no se discutió, nadie lo formuló, nadie lo aprobó, nadie lo rechazó y nadie lo modificó. Empezó una mañana temprano. sólo se veía la frente del sol detrás de su cortina de árboles, todavía las gotas de rocío resbalaban tímidas de hoja en hoja esperando que el calor de la mañana las secara y las enviara a su eterno escondite, prestas a volver a refrescar el verdor de sus inseparables compañeras.

El sol tampoco mostraba ninguna ansiedad. Asomó los ojos por encima de su horizonte, intrigado por la extraña labor de una iga solitaria. Envió al viento a husmear. Varias nubes curiosas también se acercaron en silencio y se tiñeron de un azul agradable. Todo el firmamento se impregnó de pompas de algodón. El sol seguía oteando, sin atreverse a salir del todo, no quería distraer a la iga ni interrumpir su faena solitaria.

Estaba cavando un túnel, sola, en silencio. No cantaba, no hablaba, no decía nada ni se fijaba en nadie. Sólo cavaba y cavaba, y dada la profundidad de su túnel, el sol tuvo que asomarse más, pues quería cerciorarse de lo que en realidad acontecía, y al hacerlo, ofreció mayor refulgencia a la iga solitaria. Cavaba y cavaba y seguía cavando, sola, en silencio. Nadie le decía nada, nadie se atrevía a interrumpir su labor, nadie desde fuera podía ver lo que tan silenciosamente hacía la iga solitaria, sólo sus compañeras.

Ahora eran dos. Otra iga se había unido al esfuerzo de la iga solitaria, también en silencio. Ni una pregunta, ni una respuesta, sólo el silencio.

Tres, y del túnel creció un afluente.

Cuatro, cinco, seis, siete, y el túnel iba adivinando nuevas rutas. Nadie hablaba, nadie descansaba, nadie consultaba a nadie, nadie dirigía a nadie, sólo iban incorporándose más y

más igas, en silencio, construyendo una perfecta telaraña de conductos subterráneos que llegaban a todas partes del poblado.

Quince meses duró aquel proyecto. Quince meses de una labor muda.

La tierra tembló, el sol quemó y templó, las nubes oscurecieron el día y la luna ayudó a las estrellas a iluminar la noche, la lluvia inundó, el viento sopló, y todos los elementos celestes participaron en ese proyecto de soledad conjunta. Ofrecieron sus diversas caras para que las igas, en su faena silenciosa, pudieran comprobar la solidez y eficacia de su proyecto.

Y llegó aquel sábado, quince meses después del inicio de aquella labor muda, un sábado que apareció con un sol brillante e intenso, cuando el cielo jugaba su juego extraño entre sol y sombra, humedad y sequía, aquel precioso sábado cuando las igas se hicieron invisibles, y las bofetadas que se propinaban los antes entre sí antes de que la antorcha usurpara la oscuridad a la noche, se convirtieron en un sin fin de lamentaciones e imprecaciones absurdas. Y las demás antorchas, al transformar aquella noche de carbón en un día artificial, ayudaron a los antes a buscar por todas partes, por todos lados, por todos los rincones más recónditos, mas sólo encontraron un vacío inexplicable.

–Pero... tata Nvú, ¿cómo desaparecieron las igas, adónde fueron?

–No seas tonto, Nkulu. Claro que se escondieron en sus túneles invisibles.

Túnel iga

Capítulo VI

–Pasaron un mes exacto en sus túneles subterráneos –continuó tata Nvú haciendo caso omiso de aquella pequeña interrupción– Nadie sabía nada de ellas, nadie había oído nada, nadie había visto nada, y todo porque una atmósfera saturada de maldad había penetrado en aquel minúsculo poblado, y Vudum, el espíritu del mismo mal había invadido los corazones de los antes y transformado a unas magníficas criaturas en unos seres verdaderamente repulsivos. Un inocente plato de comida, una suave brisa, y toda una generación de antes se convertía en una caterva de seres despreciables. Eran como riachuelos que se dejan secar antes de compartir su caudal con las necesitadas plan tas y animales que de ellos dependen, o vientos que sin más, deciden aumentar la velocidad de su carrera, convertirse en tornados, en huracanes, con el único fin de arrasar, y el veneno que Vudum implantó en los corazones de esas bellas criaturas, fue derramado sobre las pobres igas, cuyo único error había sido abandonar un suculento plato de comida. Ahora, su única solución era desaparecer de la faz de la tierra.

Hormelefnkúkuma, el gran Nkúkuma de aquel pequeño poblado, recordaba con nostalgia los tiempos memorables de su pequeño paraíso, lamentándose junto a su confidente Habte, y añorando que del mismo modo en que tan mágica y repentinamente habían desaparecido las igas, pudieran volver los tiempos felices en su poblado.

–¿Te acuerdas, Habte, de nuestros años de adolescencia cuando íbamos a visitar a tata Bangul con algunos antes e igas?

–Oh, tiempos de inigualable dicha!

–Siempre venía a esas excursiones el butuku de los antes, claro que todavía no era butuku...

–Y la iga responsable.

–¿Quién?

–La iga que, según rumores, dejó abandonado su suculento plato de comida porque se enfadó con una amiga por un insignificante incidente.

–Ah, sí. Ya desde entonces vivía con una facilidad increíble para enojarse.

–Y siempre se iba.

–Sí, sí, y cuando volvía, tenía que aguantarse con la comida fría.

–¿Y recuerdas con qué ojos miraba el butuku la comida abandonada por la iga malhumorada?

–Hombre, yo entonces no me fijaba en eso. Todavía no era Nkúkuma y sólo quería divertirme, como todos vosotros.

–Tienes razón, Nkúkuma. Éramos demasiado jóvenes...

En realidad, en aquellos años juveniles, lo único que buscaban unos y otras era correr a través de la ligera maleza cercana a la choza de tata Bangul, saltar de roca en roca desafiando el peligro, columpiarse con las lianas de aquellos árboles gigantes, gritar a las montañas para oír de nuevo sus voces rebotar en la lejanía, jugar al escondite, wan go, tú go...

Los dos amigos mantuvieron un largo silencio. La nostalgia y cierta desesperación parecían arrebatarles el lujo de entretenerse durante largo rato con recuerdos de aquellos años de inocencia, aquellos momentos de goce y travesuras despreocupadas. Hormelef estaba en peligro, y lógicamente se sentían responsables de los males que acontecían en su diminuto poblado. No sabían qué hacer, no podían enfrentarse a los antes, eran demasiado grandes y temerarios, y tampoco podían pretender que las igas cooperaran con ellos, pues nadie podía encontrarlas.

Los antes estaban furiosos, se habían propinado una soberana paliza entre sí por culpa de sus endebles enemigas y llevaban ya un mes sin comida extra, aúf. Empezaron a destrozar paulatinamente las propiedades de las igas, para sofocar su ira.

Transcurrido un mes exacto desde la misteriosa desaparición de las igas, ellas también iniciaron su contraataque. Era siempre nocturno y esperaban aquellas noches en que las estrellas se alejaban y ofrecían una luz apagada y la luna dudaba si reflejar o no los rayos de sol.

–¿Quién ha hecho ésto?
–¿Quién ha arruinado mis ñames?

–Mira, mira, ya no me quedan calabazas.

–Se han echado a perder mis malangas. ¡Ay, qué desastre! ¿Qué voy a comer mañana?

–Iba a preparar yuca con caldo de mavembé.

–¿Quién habrá sido, quién habrá hecho todo ésto, quién causaría tanto daño?

–¡Las igas, quieren que nos volvamos tan pequeños como ellas!

–¡Sí, sí, las igas!

–Pero si ya no existen.

–¡Nada de éso, seguro que son ellas!

–¡Claro!

–¡Si las pillo, las mato!

–Y yo te ayudo.

–Y yo.

–Sí, pero cuidado, recuerda que son unas brujas...

–Y pueden hacer que nos casquemos como la última vez.

–Excelente punto. Debemos empezar a montar guardia.

–Buena idea.

–Y cuando las pillemos, se acordarán de nosotros.

–Sí, sí, pero no como la otra vez.

–No. Esta vez iremos de día.

Una mañana de terciopelo gris con lluvias musicales y vientos de querubines, los antes también desaparecieron, pero no como las igas, pues eran demasiado grandes para tal artificio, sólo abandonaron sus labores cotidianas y se dedicaron por completo a mantener una guardia fútil sobre sus propiedades. Las igas, claro está, tampoco desempeñaban sus funciones cívicas, pues habían desaparecido.

Por todo ello, los seres humanos de Hormelef no lograban efectuar su trabajo rentablemente, al no poder contar con la ayuda ni la cooperación de los animales.

Las plantas trataron de ayudar produciendo más, pero los antes se lo quedaban todo y las igas destrozaban lo que podían.
Los minerales, ¿qué podían hacer los pobres minerales?

Poco a poco la economía de Hormelef fue deteriorándose y no parecía haber solución. Hormelefnkúkuma se veía impotente, incapaz de resolver aquella pesadilla que ya afectaba a toda la población. Había intentado varias cosas con resultados más bien funestos, convocó a todos los brujos, reunió a los hechiceros, habló con el consejo de ancianos; incluso él mismo, junto a sus tres inseparables colaboradores, trataron de resolver el problema directamente antes de que las cosas tomaran aquel cariz tan crítico.

Una, una vez, una vez solamente se llegó a un intento de entendimiento y reconciliación entre las igas y los antes. Un día caluroso, el sol ardiente caminaba despacio sobre un firmamento azul con manchas espumosas de un blanco grisáceo y plateado, y una corona de diamantes con rayos de esmeraldas circundaba majestuosamente el amplio disco rojizo y amarillento que despedía ráfagas luminosas de plata y aluminio. Un enviado especial de Hamsha, Asangono, consiguió una vez, una sola vez, en este día de radiante sol, que el butuku de los antes y un pequeño número de adeptos a su causa asistieran a una reunión con la iga que abandonara su suculento plato de comida, la iga que inició la solitaria y común empresa de cavar y cavar y cavar, y la primera iga que se unió al esfuerzo mudo, y la segunda, y la tercera, hasta la quinta. La atmósfera estaba cargada de inquietud y ansiedad y se respiraba un aire denso y pesado difícil de hacer llegar hasta los pulmones. En la amplia estancia del pequeño whechaá, lugar destinado para eventos como éste, los antes se aglomeraron en la parte sur, ocupando más de tres cuartas partes del terreno, mientras que las igas, pobres igas, tan diminutas y minúsculas, no necesitaron mayor espacio que un pequeño rincón en la parte norte, cerca de la pesada banqueta que ocupaba Asangono, allí, quieto, con la boca reseca y las manos húmedas de un sudor pegajoso que trataba torpemente de limpiar frotándoselas con un claro nerviosismo.

–Hermanos, nos hemos reunido aquí, como bien sabéis, para tratar de curar el mal que nos está afectando a todos...

Mientras pronunciaba tal discurso, su mirada viajaba furtiva de unos a otros, sin atreverse a reposarla directamente sobre nadie. Asangono tenía unos ojos diminutos de un amarillo malárico, con una mirada penetrante que a veces decía más que las palabras que salían de su voz grave y ronca. Tal vez por ello fue el único que consiguió reunir en la misma estancia a los antes y a las igas. La situación sin embargo, era demasiado tensa y delicada para que una voz y una mirada pudieran aminorar la tensión que sofocaba el ambiente en aquellos momentos.

–... y no podemos continuar con este conflicto que no nos lleva más que a la destrucción.

Hubo un silencio, silencio durante el cual Asangono esperó e invitó con su mirada furtiva a que alguien tomara la palabra.

–Nosotras hemos venido aquí –decidió por fin intervenir la iga que inició la red de túneles todavía desconocidos por la población de Hormelef– sólo porque estamos hartas de cocinar para unos gandules.

–¿Gandules, a quién llamas gandul?
–Si somos gandules, ¿qué sois vosotras? ¡Cobardicas, sí, cobardicas!
–¡Ladrones!
–¡Yo no robo, tomo lo que me apetece!
–¿Y si no es tuyo?
–¡Mejor, menos esfuerzo!
–¡Porque eres un ladrón, éso hacen los ladrones!
–¡Ejem, ejem, señores, por favor...!
–¡Si me acusas una vez más de ladrón te rompo la cara!
–¡Claro, éso es lo único que sabéis hacer, rob... tomar lo ajeno y destrozar cosas!

Un gran tumultuo, un alboroto difícil de controlar. Asangono trataba sin éxito de poner orden en aquel caos y reanudar el diálogo entre tal confusión. Los antes se habían puesto en pie de forma amenazadora y las igas, las pobres igas, minúsculas criaturas, se apresuraron hacia la salida, dispuestas a emprender la fuga en cualquier momento.

Fracaso, fracaso total, para una vez en que las cosas podían haberse solucionado con un mínimo de cooperación por ambas partes.

Las igas, pobres criaturas, terminaron huyendo. Los antes trataron de cazarlas, mas su tamaño y la furia que les cegaba se lo impidieron, pues querían salir todos a la vez por un pequeño hueco que resultó demasiado pequeño para ello.

La desmoralización y lógica decepción de Asangono eran evidentes cuando transmitía con gran amargura aquel trágico desenlace a Hamsha.

Hubo otros intentos, otros enviados especiales, otras misiones frustradas, y los días iban sucediendo a las noches, transformándose en semanas, las semanas en meses, los meses en años, los años en décadas, y el Nkúkuma de Hormelef iba envejeciendo sin encontrar solución a aquella desgracia.

La nostalgia, su avanzada edad y su incapacidad para encontrar solución a tan grave problema le hicieron enfermar, las cosas iban de mal en peor, y La Guerra de Hormelef continuaba entre los antes y las igas, arruinando aquel pequeño poblado, antaño la envidia de todos sus vecinos. Su mal era más psicológico que físico, pero daba igual, su salud iba deteriorándose aceleradamente.

Habte no sabía qué hacer, hablaba a diario con Mubikaye, el curandero jefe, quien le aseguraba que no veía ningún remedio. Lo cierto es que el Nkúkuma siguió empeorando, debilitándose y perdiendo el ánimo.

¡Pobre Hormelef!

Capítulo VII

Un día de agonía. O no.

El sol, astro que anuncia las malas nuevas trascendentales, apareció distante y acompañado de unas nubes agrias y llorosas a punto de descargar abundantes lágrimas de soledad. El viento se hizo frío y dejó en libertad ráfagas de brisas descontroladas. Venía a anunciar un adiós, la despedida de un dirigente majestuoso. Junto a su lecho, a ambos lados de la cabecera, se encontraban sus dos primogénitos. En Hormelef, ningún Nkúkuma hasta entonces había engendrado gemelos, y eso creaba un problema de herencia. O no.

Además de sus dos hijos primogénitos, se hallaba toda la corte reunida en la estancia.

–Llegó la hora de mi despedida.

–No digas eso, tata Nkúkuma– un gemelo.

–Calla y descansa tata…– el otro gemelo.

–¡Callad vosotros y escuchad todos! Ya me queda muy poco aliento y no lo voy a malgastar en tonterías, debo dejar las cosas claras y en orden.

El silencio se hizo notar de inmediato, sólo el griot oficial se atrevió a modificar su postura para oír mejor lo que posiblemente serían las últimas palabras del anciano Nkúkuma, y poder transmitirlas después con mayor exactitud a las generaciones venideras.

¿En orden? ¿Qué orden? ¿Cómo podía dejar las cosas en orden en medio de tanto caos? Pobre heredero. ¿Quién será? Yo sólo soy un pobre brujo, ¡gracias al cielo!

¿Dos herederos? ¡Vaya lío! Si con un Nkúkuma era difícil resolver problemas, ¿cómo será con dos? Y seguro que me hacen curandero de los dos. ¡A mi edad! ¡Pobre de mí!

¡Ah, por fin, por fin me toca descansar. Ya no podía con todo este embrollo. Lo siento, hijos míos, pero llegó vuestro turno. ¡Ojalá pudiera cambiar las cosas!

De repente, la misma película que Nkúkuma y sus tres ancianos compañeros habían protagonizado años atrás, apareció en las mentes de los cuatro inseparables, una película de horror con los episodios trágicos vividos allí mismo en Hormelef. La escena empezó cuando el problema todavía no había alcanzado la magnitud del actual momento. Después de la reunión en la cueva de morimó, la cueva oculta, el lugar secreto, sitio de encuentro entre las gentes residentes a ambos lados de la cortina, entre el mundo finito y el imperecedero, entre los mortales y los antepasados, iban a apresar al gran butuku ante, entonces un ante cualquiera, encarcelarle, aunque no tenían cárceles, porque en Hormelef no había crimen, hasta que cedieran él y su pequeño séquito de amigos inseparables en abandonar su malicioso empeño de hacer empequeñecer más y más a las igas mediante la usurpación de su dieta semanal. A esa reunión, sin embargo, sólo asistieron los cuatro amigos inseparables, no convocaron a los espíritus de los antepasados, pues sabían muy bien que los residentes del más allá sólo podían ayudar con hechos que hubieran conocido o vivido durante su estancia pasajera en ese mundo del hoy, y ellos nunca habían experimentado el nefasto concepto de delito.

Prepararon una trampa con una malla hecha con varias hamacas de las que los antepasados Nkúkuma usaban para disfrutar de aquellas tardes de perlas y esmeraldas. Un atentado pensado y perpetrado en la oscuridad de la noche, bajo un secreto tan férreo que nunca abandonó aquella misteriosa cueva de morimó.

La malla estalló, incapaz de sostener el monstruoso tamaño de aquel mastodonte.

La furia del butuku ante, se dejó sentir en todo Hormelef. Creyendo que habían sido las igas las responsables de aquel atentado, decidió castigarlas duramente, y así lo hizo, aumentando a tres los días de usurpación de su comida, obligando a las pobres igas, esas desprotegidas criaturas, a disminuir más y más de tamaño.

No hubo agallas para confesar el origen de aquel atentado, nadie dio la cara, nadie se atrevió a hacer frente a tan enfu recidas bestias y evitar el injusto castigo que cayó sobre sus inocentes víctimas. Los cuatro amigos mantuvieron un silencio absoluto, y no hicieron nada por evitar que los antes aumentaran los días de ayuno forzoso a las pobres y desamparadas igas. Ahora, una eternidad más tarde, estos mismos ancianos veían con igual remordimiento aquellas escenas de horror que habían provocado ellos mismos y que habían acelerado el lento deterioro de su pequeño paraíso.

–Hijos míos...
Silencio, inquietud, incertidumbre.
–Después de mi muerte...
Pausa, ansiedad, intriga.
–Vosotros dos seréis mis herederos...
Calma, sosiego, serenidad.
–Y seréis los nuevos Nkúkuma de Hormelef...

Y el viento se llevó su último aliento, impidiéndole terminar su discurso. Ésas fueron las últimas palabras que oyó el griot y así cantarían él y sus sucesores la trágica epopeya del último Nkúkuma de Hormelef.

¡Dos jóvenes Nkúkuma inmaduros, en un poblado tan pequeño y con los gigantescos problemas que lo atormentaban! ¡Sería el fin de Hormelef! O no.

Sonaron las congas y los tambores anunciando la despedida oficial del Hormelefnkúkuma. El sol brilló emitiendo rayos de alegría, las nubes abandonaron su melancolía y se maquillaron de un atractivo azul celeste, y los vientos y las brisas trabajaron en armonía, ofreciendo un aire fresco a toda la población. Hubo tregua en la guerra y todos lloraron la muerte del Nkúkuma.

Fue un entierro memorable. Los antes iban a la cabecera llevando entre cuatro el cuerpo inerte del último Nkúkuma de Hormelef, atado sólidamente sobre una camilla de troncos rústicos y cubierto con ramas y hojas de un árbol sagrado. Seguidamente venía la familia del difunto, acompañada del resto de la población. Por último aparecían las minúsculas igas solemnemente atajeadas de negro, formando la cola de una procesión larga y lóbrega. ¡Pobres igas, parecían haber disminuído aún más de tamaño!

Todas las calles estaban decoradas con ramas del mismo árbol sagrado y, múltiples hojas violetas, entremezcladas con pétalos de rosas blancas, aparecían esparcidas a lo largo de todo el trayecto. No había música de clarines ni de tambores, sólo el griterío agudo e hiriente de unas voces femeninas que ahogaban los llantos y sollozos de la multitud. La marcha era lenta para permitir que el dolor del gentío pudiera expresarse con respeto y solemnidad.

Antes de depositar la camilla lóbrega sobre las aguas de ese mar templado que llevaría al cadáver a su nuevo destino en el más allá, en el mundo de los inmortales, los dos herederos de Hormelef, acompañados por un ante bajo y una iga soprano entonaron una canción con letras antiguas de significado ya desconocido que el pueblo coreó y acompañó con lágrimas de soledad.

No hubo discursos ni oraciones de despedida, solo el cántico antiguo de palabras desconocidas que extraía lágrimas de la multitud.

Una ceremonia larga y fervorosa. Pocas palabras, ritos extraños, así terminó el entierro y se dispersó la muchedumbre.

Y Hormelefnkúkuma, después de ese respetuoso y bien homenajeado funeral, partió hacia el mundo inmortal e imperecedero de los antepasados.

Pasó las veinticuatro horas obligatorias en su limbo y fue purificado con todos los ritos y honores necesarios. Un día después de su entierro, pertenecía por fin al viejo mundo de los inmortales. Su recepción fue menos pomposa, pero se encontró tremendamente feliz, tranquilo y sosegado.

Instantes antes de morir, juróse a sí mismo usar todas las enseñanzas del más allá para ayudar a su pequeño poblado a resolver los problemas que abandonaba en el mundo de los mortales. Y así lo hizo.

Aprendió primero el potencial, la habilidad y la maniobrabilidad de su nuevo estado incorpóreo e invisible en el mundo finito de los mortales. Seis meses de duro y constante trabajo con su designado tutor espiritual le dieron los conocimientos necesarios para su misión terrenal. No iba a perder ni un segundo más.

Volvió a Hormelef en una noche con cielo despejado y luminosas estrellas parpadeando juguetonamente, cual si trataran de atraer la atención de una luna llena, repleta de ansiedad y alegría.

Invitó a sus tres aliados a la misma cueva secreta de morimó. Sólo atendieron los espíritus, pues los tres cuerpos aún vivos se quedaron en sus hogares descansando.

–Lo siento, queridos amigos, pero no nos queda otro remedio si todavía queremos salvar nuestra patria.

–No comprendo, Nkúkuma.

–Amigo Habte, he aprendido mucho allá en mi nuevo mundo y vengo a compartirlo todo con vosotros.

–Nkúkuma, ya sabes que todavía mantengo gran influencia y la gente me respeta. Díme qué debemos hacer y se hará.

–Nkúkuma, como antiguo curandero mayor, no sé qué puedo hacer yo.

–Queridos amigos, si de verdad queremos ayudar a nuestro poblado, debemos hacer lo que tan sabiamente hicieron las igas y desaparecer totalmente del escenario.

–Pero... Nkúkuma… ¿cómo?

–Lo siento amigos, tendréis que veniros conmigo al otro lado de la cortina y dejar que las nuevas generaciones encuentren la solución por su cuenta, con nuestra ayuda, sí, pero por su cuenta.

–¡Pero… Nkúkuma...!

–¡Mi Señor...!

–¡Aah kiée...!

Y el espectro del viejo Nkúkuma desapareció.

De nuevo el sol puso cara de tristeza, las nubes pintaron al firmamento de un gris nocturno y los espíritus de los antepasados dejaron que sus lágrimas bañaran las calles del pequeño poblado.

Tres titanes de la historia de Hormelef abandonaban sus vidas pacíficamente en sus lechos aquella noche serena cuando las luminosas estrellas coqueteaban con una luna llena, repleta de ansiedad y alegría.

Otra vez aquellos gritos femeninos de agonía y de dolor. El sol brillaba ahora con euforia, las nubes dibujaban exóticas figuras mitológicas en un firmamento apoteósico, y las brisas acompañaban a la multitud en su lamento agridulce de tristeza y ansiedad.

El entierro fue una réplica del duelo por el antiguo Nkúkuma de Hormelef. Hubo otra tregua entre los antes y las igas, los dos hermanos herederos volvieron a entonar la misma canción con letras antiguas de significado desconocido que el pueblo coreó y acompañó con lágrimas de soledad. Las calles, decoradas con ramas del árbol sagrado, hojas violetas entremezcladas con pétalos de rosas blancas, ofrecían una belleza solemne y espectacular. Tampoco hubo discursos ni oraciones de despedida, sólo el cántico antiguo de palabras desconocidas que extraía grandes sollozos de la multitud.

Tata Nvú mantuvo un breve y repentino silencio, quedóse quieto durante un instante y respiró profundamente. Parecía haberse sumergido de lleno en su propio cuento y daba la sensación de que participaba íntegramente en aquel solemne entierro, ofreciendo todo el respeto que merecía la ocasión.

–¿Y qué pasó con la guerra, tata Nvú? ¡Cuenta, cuenta, por favor!
–¡Nkulu, calla y deja de interrumpir!

Capítulo VIII

–La reunión tenía que haber sido larga –prosiguió tata Nvú.

–¿Qué reunión?

–¡Calla y escucha, Nkulu, eres como un niño!

–Los nuevos herederos de Hormelef la habían convocado, esperaban a los representantes de los antes y de las igas, habían atado todos los cabos, habían hecho todos los preparativos y estaban seguros de que tendría lugar. Esta guerra caprichosa tenía que terminar y todos debían empezar de nuevo a colaborar, como en los viejos tiempos, tiempos de dicha y felicidad cuando Hormelef era la envidia de sus vecinos.

Una oportunidad única. Los herederos vieron la oportunidad que se había presentado con la desaparición de su amado padre. Como nuevos Nkúkumas, debían presentarse intolerantes, intransigentes y rígidos con cualquiera que osara desobedecer sus nuevas ordenanzas. Primero encomendaron un mandato contundente al consejo de ancianos, a los brujos, a los hechiceros, a los eruditos del poblado: en menos de un año, debían ingeniar algún tipo de armamento nunca visto ni imaginado, que pudiera combatir la enormidad de los antes. Al mismo tiempo, se irían formando unos guerreros que constituyeran la base de un pequeño ejército capaz de poner orden según las necesidades del pequeño poblado.

Ocho meses, ocho largos meses tardó aquella comisión en aparecer con su gran descubrimiento, y dieron una demostración apoteósica de la fuerza devastadora del incomparable invento. Arcos y flechas lo llamaron. ¡Vaya ingenio! ¡Un instrumento tan fiero que volaba tan lejos y se insertaba con tanta fuerza en su blanco! Hería, hacía sangrar, e incluso debía producir la muerte a cualquier presa. Los antes se aterrorizaron, no tenían defensa ante tal amenaza, y los hermanos herederos se regocijaron, pues ahora podrían öbligar a todos a cumplir con sus obligaciones. Todos se asustaron, respetaron y admiraron los daños que podían causar aquellos instrumentos bélicos, todos menos las minúsculas igas que, por su tamaño, eran invulnerables ante aquellos devastadores instrumentos, y además, sabían desaparecer de la faz de la tierra sin que nadie pudiera localizarlas. Los guerreros empezaron a practicar, a entrenarse y a perfeccionar el uso y manejo del nuevo armamento. Así se pudo convocar aquella reunión con la certeza de que tendría lugar.

Llegaron los antes a la hora señalada, pero las igas no aparecieron por ningún lado. El fracaso también fue rotundo en el segundo intento, pues las igas se mantenían firmes, y no aceptarían ninguna reunión conjunta con los antes. Hubo que convocar pues, asambleas separadas, donde se trataría de resolver aquel problema para siempre.

Las voces eran cada vez más elevadas, los razonamientos eludían toda lógica y las demandas resultaban hasta indecentes.

Y la maldita Guerra de Hormelef continuó en su forma más bárbara.

Los antes ya no respetaban nada, atacaban a las igas, destrozaban sus propiedades, robaban su comida, e incluso amenazaban a cualquiera que osara ayudarlas.

–Pero, tata Nvú, ¿por qué no atacaban los guerreros arqueros con sus arcos y flechas a los antes?

–Sí, tata Nvú, Nkulu tiene razón. ¿Por qué no les atacaban para poner fin a la guerra?

–No lo sé, hijos, pero yo no puedo cambiar la historia, sólo os cuento lo que pasó, tal como nos lo contaron nuestros antecesores que vivieron y presenciaron aquella trágica realidad. Lo único cierto es que el ejército evitaba usar sus poderosas armas contra los antes, pues todavía no tenían ningún poder frente a las igas, y atacar a una parte sola no parecía justo, especialmente cuando eran las igas precisamente las que se negaban a negociar una solución justa y equitativa.

Las minúsculas igas –continuó tata Nvú– no se quedaban atrás. Continuaban sus feroces ataques nocturnos, con destrucciones masivas y luego desaparecían de la faz de la tierra. También empezaron a ensañarse contra todo aquél que no viera las cosas a su manera.

–Hermano heredero, tenemos que hacer algo para terminar con esta maldita guerra.

–Sí, hermano heredero, pero... ¿qué? ¿Crees que es hora de obligar a los guerreros a usar sus flechas contra los antes?

nuevos
Nkúkumas
igas
ante

–No lo sé, hermano heredero, pero algo hay que hacer.
–Lo mismo digo. Algo hay que hacer, y pronto.
–Sí, y muy pronto.

Los gemelos herederos pensaban y pensaban, hablaban entre sí, consultaban a los ancianos, un hermano hablaba con los antes, el otro con las igas, pero nada conseguían. La Guerra de Hormelef escalaba y el problema se hacía cada vez más grave y complicado. Los guerreros seguían sin recibir la orden de atacar, practicaban y practicaban y se adiestraban en el manejo de sus nuevas armas, pero nada sucedía.

–Hermano heredero, este problema nos está volviendo locos.
–Tienes razón, hermano heredero. Ya hasta veo a las igas como las enemigas del pueblo.
–Lo mismo me ocurre a mí con los antes.
–Si seguimos así, dentro de poco vamos a vernos a nosotros mismos como enemigos.
–Tienes razón, tenemos que hacer algo, y pronto.
–¿Qué sugieres?
–No lo sé, pero...
–¿Por qué no vamos a la cabaña de tata Bangul donde íbamos a jugar y a pasar unos días de recreo cuando éramos niños?
–¿Quéeee?
–Lo que oyes.
–¿Descanso, en estos momentos tan serios?
–Hombre, por lo menos tendremos tiempo de relajarnos un poco.

–Y vaciar nuestras mentes, tal vez así podamos pensar con más claridad.

–¡Claridad, ésa es la palabra clave! Estamos demasiado ofuscados y no podemos pensar con claridad.

–¡Sí, sí, descanso, éso es lo que necesitamos!

Arreglaron unas cuantas cosas y para el monte salieron. Con ellos sólo viajaba una vieja yaya, con la única misión de cocinar. Ningún brujo, ningún hechicero, ningún curandero, ningún guerrero, ningún miembro del consejo de ancianos, nadie, absolutamente nadie que les obligara a hablar o pensar sobre "el problema".

¡Ah, qué paz, qué tranquilidad! Quince días estarían allí, aunque el poblado fuera devorado por un volcán. Volverían de nuevo a sus edades tiernas, correrían a través de la maleza, saltarían de roca en roca desafiando el peligro, gritarían a las montañas para oír de nuevo sus voces rebotar en la lejanía, subirían a los árboles y se columpiarían con sus lianas, jugarían al escondite, wan go, tú go...

Sólo se detenían para comer, asearse y dormir.

Al otro lado de la cortina, en el mundo de los inmortales, los cuatro amigos inseparables habían iniciado su plan. Aprovecharon aquella magnífica ocasión, mientras los her manos herederos descansaban, para hablar con uno de ellos. Le propusieron un plan. El plan que habían confeccionado en el más allá, entre los inmortales, ese plan que no podía fallar. Al terminar, borraron de su mente aquel encuentro y sólo quedó el plan, tal vez algo espeluznante, pero que podría resolver el problema definitivamente.

Al igual que en otras ocasiones, aquel día también apareció el sol con un mensaje. Salió radiante y con gran esplendor. Envió una cortina de rayos amarillentos sobre la población de Hormelef y todos los que sabían leer los mensajes del astro rey comprendieron que llegaba una buena nueva y esperaron con ansiedad.

Varias nubes de diferentes colores bailotearon alrededor del sol siguiendo el compás de la dulce melodía que enviaba el viento a través de las ramas y hojas de los árboles que también disfrutaban del mismo ritmo con movimientos oscilantes y quebrados.

–¡Hermano heredero, hermano heredero!
–Sí, hermano heredero, ¿por qué me despiertas?

En la cara del hermano heredero que despertó a su hermano, se distinguía una gran euforia. Había tenido una divina inspiración, no lo relacionaba con ningún sueño, sólo era una divina inspiración. Después de despertarse, se había quedado tendido en su pequeño camastro durante una hora, una hora larga pensando en las peripecias que les esperaban a su vuelta después de aquellos quince días de dicha y serenidad. Una oleada de tristeza y melancolía empezó a invadirle cuando de repente le vino una idea, una idea sencilla, simple, una inspiración divina, una solución evidente cuya puesta en práctica resolvería aquel problema que había maltrecho durante tantos años la economía y la convivencia de Hormelef.

–Creo que he encontrado una solución a nuestro problema.

–¿Encontraste unas lianas más firmes, más seguras, capaces de aguantar mejor nuestro peso?

–No, no, una solución de verdad.

–¿Mejor sitio para nuestros escondites?

–No. Calla y escucha. He encontrado una solución al problema de nuestro poblado.

–¿Hormelef?

–Claro, ¿tenemos otro?

–No. Bueno, ¿cuál es tu solución?

–Tal vez sea demasiado penosa para ti y para mí, pero...

–Si va a ayudar al pueblo, ¿qué más da, qué importa que tú y yo suframos un poquito?

–Pero... pero no sé cómo decírtelo.

–Pues tendré que saberlo tarde o temprano.

–Tienes razón.

–¿Y cuál es la solución?

–Creo que... creo que...

–¿Crees que qué?

–Tal vez no deba decírtelo. Tal vez debamos continuar buscando una solución más justa entre los dos y que no sea una idea sólo mía.

–Pero, ¿cómo sabré si tu idea es buena si no me la explicas?

–Pues mira, la única solución que veo por el momento es dividir el poblado en dos.

–¿Quéee?

–Lo que oyes. Dividir el pequeño poblado en dos y construir dos pueblos nuevos y diferentes.

–¡Pero cómo!

–Olvídalo, ya sabía yo que no sería una idea ni solución aceptable.

Pero el sol nunca se equivocaba y alguien tenía que dar la buena nueva al pueblo ese día.

Hacía apenas tres horas desde que los dos hermanos habían decidido prepararse para su retorno a la maquiavélica situación abandonada quince días atrás, cuando uno de ellos se acercó al otro.

–Hermano heredero, he estado dándole vueltas al asunto y no creo que sea algo tan absurdo.
–¿De qué hablas ahora?
–¿De qué va a ser? Sobre la propuesta de dividir nuestro poblado.
–Bueno, si estás de acuerdo, sólo nos faltan dos cosas por hacer.
–¿Y eso, hermano heredero?
–Una será dividir nuestro pequeño poblado equitativamente de forma que ninguno de los dos salga perjudicado.
–¿Y cómo hacemos tal reparto?
–Lo primero es el terreno.
–¿Y…?
–Fácil. Yo divido y tú eliges primero o tú partes y yo elijo primero.
–¡Brillante!
–Ya sabía que te gustaría.
–¿Y lo otro?
–Yo me llevo a los antes a mi nuevo territorio y tú te quedas con las igas en tu zona correspondiente, así, si l0s separamos...

–¡Fenomenal!
–El problema ahora será convencer a los antes y a las igas.
–Ya, pero si no nos queda otra alternativa, tendremos que obligarlos, sea como sea, cueste lo que cueste, aunque tengamos que usar nuestras flechas por primera vez.
–De acuerdo, hermano heredero.
El hermano heredero primero hizo la partición del terreno y el hermano heredero segundo eligió el norte.

Una solución teórica fácil, con una difícil puesta en práctica. Los seres humanos, cuando conocieron el plan, expuesto de una forma simple y clara, decidieron cooperar, visitaron los dos territorios y cada individuo eligió su propio destino. Los indecisos se pusieron en fila y fueron destinados uno al norte y otro al sur, hasta completar así el reparto.

Tardaron seis meses en confeccionar la distribución final, haciendo minúsculos cambios para equilibrar los sexos y acomodar a algunas familias ya establecidas.

Los antes y las igas estaban intrigados, veían toda esa maniobra y nadie contaba con ellos para nada y durante seis meses dejaron de ser el centro de atención del poblado. Daba incluso la sensación de que los hermanos herederos se habían cansado de todo aquel embrollo y habían decidido ignorarlos por fin y permitirles exterminarse con aquella estúpida guerra.
Las igas aceptaron casi al instante, por fin vivirían una vida tranquila lejos de aquellos mastodontes gandules,

delincuentes, y tal vez con el tiempo podrían recuperar su estado original.

Unas cuantas querían ir al sur por considerar más fértil aquella zona, pero tuvieron que aceptar la decisión de la mayoría.

–¡Ni hablar del asunto, de aquí no nos movemos!
–¿Ah, sí? ¡Arqueros...!
–Un momento, un momento, ¿y las igas?
–¿Qué más os da lo que hagan las igas, os venís conmigo o no?
–¡Pero... queremos su comida!
–¡Arqueroos...!
–Esperad, esperad, necesitamos más tiempo para pensar...!
–¡Arquerooos...!

Amenazados y obligados por los temibles guerreros arqueros, los antes visitaron el sur, y aunque a regañadientes, "decidieron" aceptar el plan. Gracias al cielo no hubo que usar los famosos arcos y flechas, aunque su presencia tuvo gran influencia en la pronta aceptación del plan.

Ocho meses, y la separación de los antes y las igas quedó completa, concluyendo así el trágico episodio que tanto había castigado a aquel bello poblado, antaño la envidia de todos sus vecinos.

Y aquel fácil plan teórico con difícil puesta en práctica puso fin a la horrible Guerra de Hormelef.

Capítulo IX

Un doce de octubre, exactamente un año después de la división de Hormelef en dos poblados diferentes, los dos hermanos herederos volvieron al lugar donde habían nacido, crecido y vivido hasta hacía un año, el bellísimo poblado de sus ancestros, hogar de todos los Hormelefnkúkumas precedentes, donde se habían quedado los más ancianos, los brujos, los hechiceros y los curanderos con el fin de convertir aquel lugar en un sitio sagrado, centro de desarrollo y perfeccionamiento de las ciencias ocultas, los hechizos, los estudios medicinales y cualquier sistema de contacto con los ancestros del más allá. Tenían que hacer oficial aquella división y ofrecer los nuevos nombres de sus respectivos pueblos.

Llegaron temprano con un sol radiante, lleno de energía. El firmamento entero iba a compartir la dicha de aquel día glorioso con nubes de algodón y un cielo azul esplendoroso. La luna se reunió con cien estrellas amigas para dar la bienvenida a los nuevos Nkúkumas antes de retirarse a descansar. Acudió una lluvia serena corta y espontánea, y un arco iris de elegantes colores pintó el firmamento con alborozo.

La ceremonia iba a ser memorable. Los dos herederos, atajeados majestuosamente, sentados en sus rústicos tronos, seguían los ritos del anciano hechicero a punto de coronarles nuevos Nkúkumas.

El anciano hechicero tomó del recipiente de la izquierda una mezcla de aceite de palma con arcilla roja y, con el dedo pulgar, ungió de abajo a arriba la frente del hermano heredero del norte, y de arriba a abajo, la frente del hermano heredero del sur. Introdujo después una rama del árbol sagrado en el recipiente de la derecha, y salpicó el agua obtenida del misterioso riachuelo oculto tres veces sobre el hermano heredero del norte y otras tres veces sobre el hermano heredero del sur. Toda esta ceremonia estuvo acompañada de unos rezos ininteligibles, murmurados roncamente entre el anciano hechicero y un brujo ayudante más viejo aún.

–Hermanos, tengo el honor de presentaros a Hormnkúkuma, del nuevo poblado de Horm, vecino norte del antiguo poblado de Hormelef, y a Elefnkúkuma, de Elef, vecino sur del antiguo Hormelef. –Dicho ésto, el anciano hechicero tomó un sorbo de malamba, un licor especial de caña de azúcar con raíces de varios árboles medicinales, y lo escupió sobre las cabezas de los nuevos Nkúkumas, concluyendo así la coronación de Hormnkúkuma y Elefnkúkuma, de los respectivos poblados de Horm y Elef.

–¡Viva Hormnkúkuma!
–¡Vivaaa!
–¡Viva Elefnkúkuma!
–¡Vivaaa!

ele fante
hormiga

Los nuevos jefes supremos de sus respectivos poblados se subieron entonces a un podio desde donde todos podían verlos y oírlos cuando se dirigieron a sus nuevas tribus.

–¡Hermanos! Al igual que nosotros, después de la magna ceremonia de hoy, dejamos de ser por fin los Hermanos Herederos, y nos convertimos en Hormnkúkuma y Elefnkúkuma, de los nuevos poblados de Horm y Elef, y para celebrar el tan ansiado final de la desastrosa y devastadora Guerra de Hormelef, que nos ha obligado a dividir este antiguo poblado y confeccionar los actuales Horm y Elef, de igual modo, y con pleno consentimiento por ambas partes, rebautizamos a nuestras minúsculas hermanas igas y a nuestros apreciados gigantes antes, para que aquellos días de angustia y tragedia queden olvidados para siempre.

–Y dado que mis queridas igas vendrán conmigo al norte, a su nuevo poblado de Horm, y los amados antes marcharán con Elefnkúkuma al sur, a su nuevo poblado de Elef...

–Desde hoy y para que así sea siempre, y se recuerde hasta el fin de los tiempos, las minúsculas igas de Horm, se llamarán... ¡HORMIGAS!

–Y los gigantes antes de Elef, se conocerán como... ¡ELEFANTES!

–¡Vivan las hormigas!

–¡Vivaaan!

–¡Vivan los elefantes!

–¡Vivaaan!

Aplausos, vítores, música, danzas, baleles, jolgorio, comida, bebida, celebración apoteósica, bonkó...

Capítulo X

–Hijos míos, ya nadie hablará de Hormelef, ya se desvanecieron los poblados de Horm y Elef, ya nadie se acuerda de cómo llegaron las igas a ser tan pequeñas y los antes a ser tan grandes, y todo el mundo ha olvidado la Guerra de Hormelef. Lo único que ha quedado de aquella terrible odisea es el recuerdo de dos nombres, dos nombres que llegarán hasta el fin de los tiempos, dos nombres sencillos, fáciles de recordar... HORMIGAS y ELEFANTES.

–¡Zzz..., zzz...!

–¡Nkulu, Nkulu!

NKulu
¡¿?!
Bambara
¿?
tata Nu

La Guerra de Hormelef
(Versión original

Capítulo único

Una tarde de maravilla, una espléndida puesta de sol, un paisaje bello y espectacular. El gran disco rojizo marchaba lentamente hacia su nuevo destino a ofrecer sus poderosos e inagotables rayos luminosos a otra noche vecina, dejando en penumbras al lugar que despedía. Para su retirada, siempre elegía el mismo camino, allá lejos, detrás de aquellos gigantescos arbustos de troncos oscuros con hojas verdes, y con su despedida, proyectaba unas sombras fantasmagóricas que acababan engullendo toda la claridad del lugar.

Tata Nvú, reposando plácidamente en su hamaca, disfrutaba de las delicias de la dulce brisa que soplaba hacia oriente. Era entonces, en uno de esos momentos, cuando llamaba a Nkulu o a Bambara, y en raras ocasiones a los dos, hacía que se sentaran en unas banquetas de patas enanas cerca de su hamaca y empezaba con la misma pregunta de siempre, para terminar con uno de sus fascinantes cuentos, que según él, tuvieron lugar muchos, muchos años atrás.

–¡Nkulu!

–Sí, tata Nvú.

–¿Has oído hablar de la gran Guerra de Hormelef?

–No, tata Nvú. Cuenta, cuenta, por favor.

Y así empezaba todo, repitiéndose la misma escena una y otra vez.

–Érase una vez, un poblado tan pequeño que sólo tenía dos clases de animales: los antes y las igas. El poblado se llamaba Hormelef. Estaba cerca de Etiopía y los animales allí eran iguales en todo: tamaño, velocidad, fuerza, todo.

Ya nadie sabe cómo ni por qué, pero llegó una época en que los antes empezaron a robar la comida de las igas y poco a poco los antes empezaron a engordar y a ser más grandes, mientras que las igas se volvían cada vez más pequeñas porque casi no comían nada.

Cuando las igas se dieron cuenta de que los antes les robaban la comida, iniciaron una guerra que duró varios años. Durante aquella guerra, los antes, que ya eran mucho más grandes que las igas, cogieron toda la comida de Hormelef para ellos y dejaron a las igas sin nada. Así, los antes siguieron creciendo más y más, mientras las igas iban haciéndose más y más pequeñas.

Durante la Guerra de Hormelef, las igas, para no ser exterminadas, empezaron a crear y a usar unos pasadizos subterráneos para esconderse y sorprender a los antes.

La guerra continuaba día tras día, mes tras mes, año tras año, destruyendo la quietud y el magnífico equilibrio que disfrutaban los habitantes del poblado. Por eso cuando se murió el jefe supremo de Hormelef, el gran Nkúkuma, Hormelefnkúkuma, sus dos hijos gemelos decidieron dividir el poblado y formar dos nuevos poblados diferentes.

Uno tomó la parte norte y lo llamó Horm y el otro se quedó en el sur y lo llamó Elef.

Para separar a los dos grupos de animales y terminar así la guerra, el nuevo Nkúkuma de Horm, Hormnkúkuma, se llevó a los animales pequeños con él y el Nkúkuma de Elef, Elefnkúkuma, se quedó con los grandes. Desde entonces, todos conocieron a las igas o animales pequeños de Horm, como HORMIGAS y a los antes o animales grandes de Elef, como ELEFANTES.

Índice

edicionescarena
noviembre de 2005